AF496115

Collection "Patrie"

GEORGES THOMAS

UN "TOUBIB"
PAS ORDINAIRE

40 c.
Le récit complet illustré.

BnF
L&A

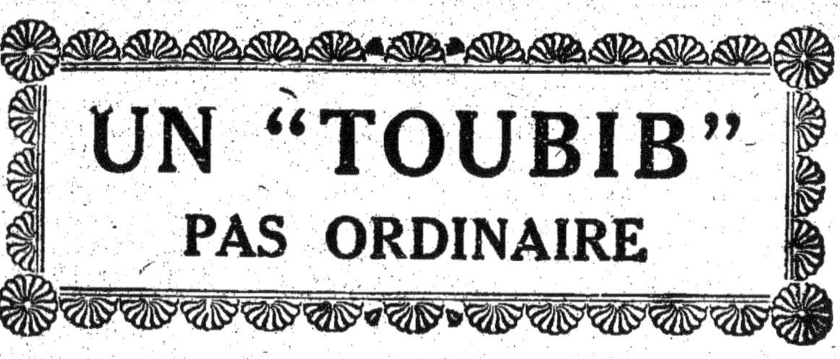

UN "TOUBIB"
PAS ORDINAIRE

I

Les propos du docteur Trémonche

ON peut dire que le docteur Trémonche, aide-major de 1re classe au sept quatre, n'était pas un médecin ordinaire.

Il professait à l'égard des remèdes, pilules, cachets, potions, sirops, vésicatoires et révulsifs un scepticisme souverain et un mépris absolu qu'il essayait de faire partager à ses malades les poilus.

— Hors sept ou huit produits qui peuvent soulager la pauvre humanité souffrante, proclamait-il, tout le reste n'est que poudre de Perlimpinpin, attrape-nigauds, onguents de charlatan dont l'efficacité est celle d'un cautère sur une jambe de bois.

Il avait l'éloquence persuasive et faisait partager son robuste optimisme aux malades qui se présentaient à lui. Après avoir entendu sa bonne parole, le pauvre diable qui était arrivé à la visite perclus, courbaturé et inquiet, s'en retournait le plus souvent rassuré et content des deux jours d'exemption de service habituellement accordés qui le faisaient couper pendant quarante-huit heures aux corvées et à la garde.

Par exemple, ce sacré docteur avait un flair particulier pour déceler le « tire-au-flanc » professionnel, le troupier qui n'a rien et qui compte extorquer à la bienveillance légendaire de son toubib, deux, quatre, huit jours de repos et peut-être l'évacuation à l'infirmerie du régiment, où l'on couche dans un lit avec des draps. Des draps ! Rêve suprême du poilu.

Mais le docteur Trémonche devinait entre cent celui ou ceux qui voulaient lui « bourrer le crâne », selon sa propre expression, car il avait, pour la facilité des communications verbales, adopté le langage des poilus.

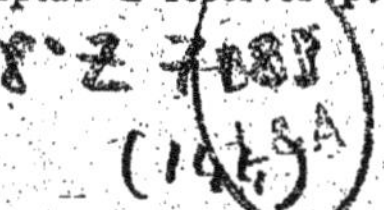

C'était une joie pour moi quand j'étais sergent de me mener les malades à la visite et d'assister à la désopilante comédie habituelle dont les acteurs principaux étaient le docteur Trémonche et son infirmier Jules, territorial édenté, stupide, mais dont la trogne bachique était sympathique à tous, tant elle respirait l'hébétude et l'abrutissement honnêtes qui ne font rien pour se dissimuler. Ces deux premiers rôles s'entouraient d'un nombre variable de figurants, les consultants. Parmi eux, il y avait le personnage sympathique, le vrai malade. D'un coup d'œil dans la salle, le docteur l'avait découvert et lui faisait immédiatement sa fiche d'évacuation. Alors restait la foule des éclopés, enrhumés, fatigués qu'une petite toux, une douleur légère, une courbature avaient inquiétés. Au milieu d'eux se dissimulaient le ou les simulateurs, qui, cinq minutes avant la visite, se demandaient encore de quels étranges malaises ils allaient se plaindre pour être reconnus. Le rideau se levait, c'est-à-dire que l'infirmier Jules, écartant la couverture de séparation entre la sape où les malades attendaient et celle où le médecin les examinerait, allait procéder à l'importante formalité de l'appel. Il ânonnait les noms dans un langage inarticulé qui tenait de l'aboiement et du balbutiement.

— Lrent?

— Présent! répondait Laurent.

— Ouisson?

Et Dubuissont reconnaissait quelquefois son nom.

— Tjxch!

Dans un éternuement, il avait ainsi appelé Dupont ou Durand et s'indignait que personne ne répondît.

Mais sa fureur allait surtout aux absents, ceux qui s'étaient fait porter malades la veille, puis avaient changé d'idée et n'étaient pas venus à la visite. Contre ceux-là, il invectivait dans une langue rude et leur attribuait des noms d'animaux tirés de la zoologie rurale; sa voix prenait des tons suraigus comme si un mystérieux téléphone avait pu transmettre aux coupables les anathèmes qu'ils avaient attirés.

Cela durait jusqu'à l'intervention du docteur Trémonche, qui soudain clamait :

— Jules, en voilà assez!... la ferme!

Et Jules se taisait, après avoir haussé les épaules pour désapprouver tant d'indulgence et ordonné à l'usage des présents, dans une phrase lapidaire dont la forme révélait un rare mépris de la syntaxe, mais dont le ton n'en perdait rien de son impérative énergie :

— Tout le monde sont-ils appelés?... Allez vous assir.

Alors la visite commençait.

L'un se plaignait de douleurs à l'estomac et il montrait son ventre, l'autre se lamentait :

— M'sieur le major, c'est comme qui dirait une boule qui me remonte, et il se frictionnait énergiquement la poitrine pour compléter se renseignement.

— Tu n'aurais pas des fois avalé ton casque? insinuait le docteur Trémonche.

— Non, m'sieu le major.

— Dors-tu la bouche ouverte?

— Je sais point, j'ai jamais regardé.

— Evidemment... Mais ça s'expliquerait alors très bien : un rat aurait pu en profiter pour aller excursionner dans ton œsophage... Deux jours exempt de service.

Et l'autre se demandait, vaguement inquiet, si l'on se moquait de lui ou si vraiment un accident aussi étrange était possible. Le tire-au-flanc se reconnaissait d'habitude à ce qu'il révélait des symptômes nombreux et mal localisés.

— Monsieur le major, je vais vous dire : j'ai dans les jambes des espèces de fourmillements. Puis à la tête, comme qui dirait une névralgie, mais c'est surtout le ventre qui me fait mal, etc.

Le père Trémonche était fixé :

— N'éprouves-tu pas, demandait-il, quand on te commande une corvée, comme une fatigue générale?...

— Si, monsieur le major.

— Et lorsque ton tour de garde arrive, une envie de dormir irrésistible?

— Justement!

— Tu dois également te trouver mieux assis que debout et encore mieux couché qu'assis?

— Oui, oui, monsieur le major.

— Oh! oh! je vois que c'est très grave!

L'autre se réjouissait à part lui.

— Il faut, ajoutait le docteur Trémonche, beaucoup de mouvement à ce garçon... très peu de sommeil aussi. Sergent, pensez à lui quand vous aurez des corvées à faire!

Quelquefois, après la visite, notre toubib m'offrait une cigarette et m'invitait à m'asseoir quelques instants auprès de lui.

J'avais remarqué qu'il trouvait un certain plaisir à causer avec moi, probablement parce que je parlais peu et que je l'écoutais beaucoup.

Sa conversation était d'ailleurs fort divertissante et elle s'agrémentait toujours de quelques petits verres d'un certain cognac dont il était assez généreux et qui nous intriguait tous, car il semblait inépuisable et d'une origine mystérieuse.

Sous ses rudesses de langage, le docteur Trémonche cachait une admiration sans borne pour le « Poilu », qu'il exprimait à tout propos :

— Quels gaillards mes clients, hein?

Et il me racontait chaque fois les récentes prouesses d'un soldat du régiment ou de la division qu'il avait apprises à la popote du colonel et auxquelles il donnait aussitôt une large publicité, car cet homme qui paraissait paisible et dont la besogne était essentiellement pacifique, ne rêvait que plaies et bosses et se lamentait d'être obligé par ses fonctions de manier le bistouri et la lancette, lui qui par tempérament aurait voulu tenir le fusil ou le sabre.

Ce jour-là, il célébrait le courage de Jules, qui la nuit précédente était allé ramasser un caporal blessé devant nos lignes au cours d'une patrouille, quand le héros de l'histoire entra sans frapper, une lettre à la main, l'œil vague et le képi sur l'oreille.

Il fut sidéré à la vue de la bouteille de cognac et resta un moment interloqué, puis il se décida à tendre l'enveloppe à son destinataire en disant :

— V'là pour vous, mon capitaine!

Car il n'appelait jamais autrement son patron, ayant souvent entendu le docteur Trémonche s'indigner d'être resté « Monsieur le docteur » ou « Monsieur le major », c'est-à-dire presque un civil malgré ses trois galons, tandis que tout le monde, les épiciers et les notaires, les cordonniers et les paysans étaient devenus le caporal Untel, le sergent Machin ou le lieutenant Tartempion.

Cette habile flatterie de Jules produisait encore son effet habituel:

— Un petit verre de cognac, Jules? demanda le docteur.

— C'est pas de refus, répondit le bon ivrogne en tirant de sa poche gauche son quart qui ne le quittait jamais et qui était cabóssé, noirâtre, avec une anse tailladée pour le reconnaître et dépister les voleurs, car c'était pour son propriétaire un objet précieux.

Et le docteur Trémouche mit le feu au petit chiffon de papier (p. 5).

Cependant le docteur Trémonche flairait curieusement la petite enveloppe mauve qui venait de lui être remise et vérifiait l'adresse pour s'assurer qu'elle lui était bien destinée.

— Ça sent « l'opoponasque », crut devoir expliquer Jules.

— Vous permettez, sergent, dit le major.

— Mais comment donc, lui répondis-je.

Alors il ouvrit la lettre et manifesta aussitôt une extrême stupéfaction.

— Ah! par exemple... par exemple... répétait-il, c'est une lettre de femme!

Et il disait cela du même ton qu'il aurait annoncé le bombardement de Tarascon par canon à longue portée ou sa promotion au grade de maréchal de France. Comme je ne paraissais sans doute pas suffisamment étonné, il m'expliqua :

— Je ne l'ai jamais vue, cette personne, je n'en ai jamais entendu parler même; d'ailleurs, comme femme, moi, je ne connais guère que ma concierge. Je suis célibataire et j'espère bien le rester, les femmes, en effet, sont insupportables, bavardes, coquettes, capricieuses, menteuses...

— Oh! oh! monsieur le major, lui dis-je, ne me découragez pas, je vous en prie, j'ai une fiancée, moi, et je la trouve charmante. D'ailleurs, votre opinion me semble très excusable, mais un peu trop généralisée si vraiment... vous n'avez connu que votre concierge?

— Voyons, dit-il sans répondre à ma question, ce que me veut Mlle Aline, car elle s'appelle Aline cette correspondante inattendue.

Et il lut rapidement en passant des lignes :

« ...J'ai eu l'occasion de soigner quelques blessés que vous aviez évacués...

— Tiens, c'est une infirmière!...

« ...Que vous aviez évacués... Tous m'ont parlé de votre dévouement, de votre bravoure aux combats sur l'Ailette au mois d'août 1918 en particulier... etc., etc. Si les lettres d'une très jeune marraine de guerre ne devaient pas vous paraître trop frivoles, je serais fière de vous appeler mon « grand filleul », de solliciter vos conseils, puisque nous consacrons tous les deux notre temps à soulager les souffrances de la guerre. Je vous demanderais aussi de me prévenir si vous connaissiez un jour un poste d'infirmière dans une ambulance du front où j'aimerais servir, si c'était possible... Veuillez agréer, etc... »

— Voilà, dit le docteur en faisant de la lettre une allumette de papier, voilà une personne qui ne manque pas de hardiesse! Mais je ne serais pas étonné qu'elle ait été incitée à m'écrire par ce sacré capitaine Cornet, que j'ai évacué, il y a une quinzaine de jours et qui trouvait spirituel de railler à tout propos ce qu'il appelait mon « inaptitude matrimoniale » et de s'indigner que je fusse célibataire, comme si son exemple était engageant, lui qui en est à son troisième mariage, étant veuf de sa première femme et divorcé d'avec la seconde... Evidemment, la jeune fille qui m'écrit me paraît franche et courageuse, mais peut-on savoir avec les femmes?

Et le docteur Trémonche mit le feu au petit chiffon de papier mauve en l'approchant du poêle qui brûlait au milieu de la cagna, et, cyniquement, il s'en servit pour allumer sa pipe. Lorsque la lettre ne fut plus qu'un peu de poussière noire, il me dit en souriant :

— Ainsi, je ne serai pas tenté de répondre, puisque je n'ai même pas conservé l'adresse.

——— * ———

II

Les exploits du docteur Trémonche

Pour que la réputation du docteur Trémonche parvînt ainsi jus-qu'aux hôpitaux de l'arrière, il fallait que ce fût un brave entre les braves. De fait, il n'avait pas froid aux yeux, igno-rant la peur, et n'était jamais aussi heureux que lorsqu'il parcourait les champs de bataille à la recherche des blessés, flanqué de Jules, son fidèle infirmier, et suivi de quelques brancardiers de moindre envergure...

Ses prouesses étaient légendaires à la division, mais je crois qu'il ne fit rien de mieux que ce que je lui vis faire le 2 août 1918.

Les Allemands venaient d'évacuer Soissons et notre régiment y était entré à leur suite. Les hommes, harassés par quinze jours de combat, s'étaient aussitôt répandus dans les caves. D'un peu de paille ils se faisaient un lit ou même s'étendaient sur le sol dur. On leur promettait deux jours de repos et ils s'apprêtaient à les mettre à profit, car ils se sentaient tous capables de dormir pendant quarante-huit heures. Bientôt les décombres et les ruines retentirent de ronflements sonores. Des troupes fraîches de poursuite avaient traversé rapidement les rues bouleversées.

Je croyais être le seul éveillé dans toute la ville, car mes fonctions de sous-officier de jour m'y obligeaient, quand en me promenant parmi les pierres noircies, j'entendis la voix sympathique du docteur Trémonche qui querellait son sémillant second, l'ineffable Jules, tout en regardant d'un œil soupçonneux une bouteille de cognac sérieu-sement entamée et qu'il tenait à bout de bras. L'autre protestait avec une dignité impressionnante, mais des arguments inattendus :

— La preuve que j'en ai point bu de votre cognac, affirmait-il, c'est que je ne suis pas saoul. Vous avez qu'à voir, ajoutait-il, je marche droit.

Et il s'apprêtait, dans l'exécution d'un impeccable pas cadencé, à faire la preuve de son innocence, quand un sifflement caracté-ristique annonça l'arrivée d'une marmite. Elle éclata non loin de là, avec le plouf ridicule d'une pomme cuite tombant d'un sixième étage.

Jules émit un juron et nous annonça :

— C'est les gaz !

Mais nous avions déjà reconnu à cette détonation particulière les obus perfides, parce qu'on les entend à peine; bien plus redoutables et bien plus redoutés que les explosifs, car les gaz qu'ils laissent sournoisement échapper de leurs flancs crevés pénètrent partout et demeurent longtemps.

De tous côtés, ces petites saletés puantes tombaient maintenant toutes muettes. Rien à distance ne les aurait révélées si des vapeurs âcres dont nos yeux larmoyaient ne nous avaient pris à la gorge.

Je fis réveiller un clairon afin que tout le monde fût prévenu et que, sur son commandement, chaque soldat se munît de son masque; mais, dans la crainte que ce signal ne suffise pas à tirer de leur sommeil les gens qui dormaient de si bon cœur, j'entrepris de faire moi-même une tournée au milieu des cantonnements. Jules s'offrit à m'accompagner et j'acceptai. Nous avions mis nous-mêmes notre masque et dans l'impossibilité de parler, l'ingénieux infirmier s'était muni d'un plat de campement dont il se servait comme d'un gong avertisseur. Bientôt, de partout, les poilus sortirent; ils ajustaient rapidement sur leur visage l'appareil protecteur qui leur faisait comme un groin.

Quelques hommes trop lents à se protéger étaient déjà pris d'une toux violente. Jules les rassembla pour les conduire au docteur. Les sous-officiers emmenèrent les sections hors de la ville où l'air devait être respirable. J'allais m'en aller aussi, quand un petit troupier vint à moi en courant. Soulevant un peu son masque, il me dit que près de là, deux escouades avaient été surprises dans leurs abris et que les hommes suffoquaient.

Je l'envoyai prévenir le docteur et me rendis moi-même à l'endroit indiqué. Là, le bombardement avait été très dense. La rue basse constituait une espèce de cul-de-sac où les vapeurs s'étaient accumulées entre les pans de murs. Très lourdes, elles formaient une nappe visible qui se traînait sur le pavé.

En passant près d'un soupirail, j'entendis des râles; je descendis à la cave. La lumière d'une lampe électrique m'y fit apercevoir une vingtaine de malheureux que les gaz empoisonnés avaient surpris dans leur sommeil. A demi asphyxiés, les yeux sanguinolents, secoués par une toux affreuse, ils ne pouvaient supporter le masque. Je les aidai successivement à gravir le petit escalier qui menait au rez-de-chaussée. Là, ils tombaient tous épuisés et ils étaient visiblement incapables de faire un pas de plus.

J'étais assez perplexe, quand, tout à coup, le docteur apparut au bout de la rue. Jules portait sa trousse et des brancardiers suivaient au pas de course. Tous avaient mis leur masque.

Le « toubib » fit signe à ses hommes de placer les « gazés » sur les brancards et de les porter à bout de bras. Les gaz, plus lourds que l'air, s'accumulent en effet sur le sol et sont moins denses à mesure que l'on s'élève. Puis, il prit dans sa trousse une seringue de Pravaz et, monté sur les épaules de Jules, il se mit à faire aux malades des piqûres d'huile camphrée. Je lui passais les petits tubes jaunes qu'il sectionnait rapidement.

Mais il était gêné par son masque pour donner des ordres aux infirmiers, interroger les malades, et les micas embués de ses lunettes troublaient sa vue. Alors, il l'arracha d'un geste brusque. A la quatrième piqûre qu'il fit dans ces conditions, je le vis suffo-

Monté sur les épaules de Jules, il se mit à faire aux malades des
piqûres d'huile camphrée (p. 7).

quer à son tour, mais à ma remarque il répondit que ce n'était rien
et continua sa besogne. Aux plus atteints, il faisait respirer un tube
d'oxygène et il rassurait tout le monde par ses coutumières plai-
santeries. De temps en temps il invectivait Jules, très mal à l'aise
dans son rôle singulier et qui titubait.

Un autre infirmier remplaça bientôt ce vénérable ivrogne qui,
ayant déjà du mal à se porter lui-même sur ses jambes, ne pouvait
évidemment en porter un autre.

Au fur et à mesure qu'ils avaient reçu les premiers soins, les
malades étaient emportés par les brancardiers.

Cependant, Trémonche m'inquiétait, car il présentait déjà tous
les signes d'un commencement d'asphyxie; malgré cela, il poursui-
vait sa besogne méticuleuse avec un sang-froid admirable. Enfin, le
dernier malade fut emporté, le docteur mit rapidement son masque
en me disant :

— Il était temps, sacrebleu!

A cet instant, Jules, incorrigible visiteur de caves, sortit d'une
petite maison et nous fit signe qu'il y avait là quelque chose.

Une seconde, je vis le docteur que je soutenais hésiter, mais il
se reprit aussitôt et m'entraîna vers la maison.

Dans la cuisine, sous une table où ils avaient dû rouler après
boire, deux gros Allemands gisaient, empoisonnés dans leur sommeil par leurs propres gaz. En les voyant, Trémonche fit mine
de se diriger vers la porte comme pour s'en aller. Puis il revint,

...de nouveau son masque et, torturé lui-même par l'asphyxie, cet homme dont je connaissais la haine farouche pour nos ennemis, se pencha sur ceux qui n'étaient plus pour lui que des malades et, simplement, consciencieusement, il accomplit sa sainte mission de soin comme s'il se fut agi de deux soldats de chez nous... Le premier usage que Jules fit de la parole quand nous pûmes enlever nos masques, fut pour désapprouver hautement tant de magnanimité :

— C'est malheureux de voir ça, mon capitaine, vous auriez pu vous « asphyxier » pour sauver deux particuliers qui avaient tant seulement pas laissé un fond de bouteille aux trois qu'ils avaient tués...

Mais Trémonche lui imposa silence.

— Allons, Jules... la ferme! Tu ferais mieux de remettre ton masque, car tu es infiniment plus joli avec que sans.

Et Jules, qui avait le sens du ridicule, s'enfuit, exprimant sa mauvaise humeur en paroles inintelligibles.

Alors le docteur Trémonche nous avoua :

— Il a un peu raison cet être-là avec son air si supérieurement dénué d'esprit. Il est certain que je fais un fichu métier. Moi qui donnerais deux galons pour tenir un fusil pendant vingt-quatre heures et tirer quelques Boches, je suis obligé à l'occasion de soigner et même de guérir ces sauvages quand ils tombent blessés entre nos mains. Ah! ce qu'ils sont heureux, les soldats!

Il ne se doutait pas, le brave et belliqueux toubib, que ses souhaits allaient bientôt se réaliser.

Ces détails et ceux qui suivent sont d'une scrupuleuse authenticité.

Notre régiment avait reçu des renforts et après quelques jours de repos remontait en ligne.

Mangin préparait une rude attaque sur les redoutables positions de l'Ailette, où les Allemands s'accrochaient opiniâtrement, soutenus par une artillerie formidable dissimulée dans le massif de Saint-Gobain.

Nos meilleures troupes étaient là opposées à la garde prussienne. Il y avait, avec la division marocaine, les chasseurs de Brissaut-Desmaillets, vêtus de leurs petites capotes raccourcies ainsi que l'avait ordonné leur général, qui ne dédaignait pas de devenir maître-tailleur quand il s'agissait de l'élégance de ses soldats.

Depuis trois jours, ces braves se heurtaient à une résistance dont le centre était le ravin de Crécy-au-Mont, longue crevasse qui entaille le plateau et descend en pentes abruptes jusqu'à l'Ailette.

Des chars d'assaut éventrés devant nos lignes témoignaient de l'acharnement des récents combats.

Ce jour-là, 1er septembre, Mangin avait juré qu'il enlèverait le morceau. Le matin même, il téléphonait à tous les P. C. en communication avec son quartier général : « Poussez, poussez! » C'était d'ailleurs son mot d'ordre depuis la reprise de l'offensive.

Pour cet assaut suprême, tous les moyens d'attaque étaient rassemblés. A chaque pas, dans la plaine, on découvrait des lignes de

canons mis hâtivement en batterie, sans abris et sans camouflage.
L'air bruiss**** des ronflements de nos avions et chaque buisson,
chaque bouquet d'arbres, cachait des tanks légers prêts à s'élancer.

Notre régiment vint relever un bataillon de sénégalais décimé au
cours des derniers engagements.

Le docteur Trémonche, mal guéri encore de son intoxication qu'il
traitait surtout par le mépris, exultait devant ces préparatifs guerriers. Il fallut que le colonel lui ordonnât de rester tranquille à
son poste de secours, car il se serait fait tuer avant le début de
l'action pour le plaisir de se promener.

Le bombardement fut court et violent et l'assaut mené avec une
vigueur inouïe. Les Boches avaient accumulé là des postes de « mi-
traillettes » : les trous d'obus, les moindres replis de terrain cachaient
une de ces mitrailleuses individuelles et légères qui, par leur nombre,
étaient devenues l'arme la plus meurtrière et la plus redoutable de
l'ennemi. Le servant tirait sans viser et maniait cet engin à la façon
d'une lance d'arrosage.

Après un premier bond victorieux, notre régiment fut arrêté devant
un petit bois ainsi défendu.

Cette progression limitée nous avait coûté de grosses pertes et
derrière moi je voyais la haute silhouette du docteur Trémonche
allant d'un blessé à l'autre, sous les balles, et dirigeant dans la
fumée du combat son équipe de brancardiers.

Anxieux, j'attendais du chef de bataillon l'ordre de faire un nouveau bond pour essayer de réduire ce centre de résistance dont nous
n'étions plus qu'à cent mètres à peine.

Un agent de liaison vint me dire que le commandant était tué.

Tué aussi le capitaine de la compagnie qui aurait pu m'appuyer
à droite. L'autre officier de cette unité blessé, que pouvais-je attendre
d'une troupe privée de tous ses chefs?

Les éléments de gauche étaient trop éloignés pour m'être utiles
et pour qu'une action concertée fût possible. Entre eux et la soixan-
taine de soldats qui restaient de la compagnie, dont la mise hors de
combat des deux lieutenants me laissait le commandement, il y avait
un large intervalle inquiétant.

J'étais perplexe. Que faire?

— C'est vous, Thomas! me cria une voix que je reconnus aussitôt.

Le docteur Trémonche, qui m'avait ainsi interpellé, était à quelques
pas de moi, debout, l'œil ardent et il brandissait un fusil qu'il venait
de ramasser.

— Couchez-vous, sacrebleu, lui dis-je.

Mais il ne m'écouta pas. Je le vis arracher brusquement son
brassard blanc croisé de rouge, qui aurait dû le rendre sacré à
l'ennemi, car on ne tire pas sur le personnel sanitaire. Mais les
boches, félons aux conventions les plus saintes, semblaient au contraire
choisir comme cibles préférées ceux qui avaient la mission de secourir
les braves tombés au combat.

— Ils m'ont tué tous mes brancardiers, tous, tous, clamait le doc-

...Le docteur Trémouche aux prises avec une poignée de Boches qui le menaçaient de leurs baïonnettes (p. 12).

teur Trémonche en s'adressant aux soldats, et dans sa colère véhémente il me parut si magnifique et si ardent que je sentis soudain qu'en cet instant critique, il devenait le chef que le hasard nous envoyait pour remplacer tous ceux qui étaient tombés, car dans ces moments-là la science militaire ne compte plus et c'est du cœur surtout qu'il faut pour entraîner la vague d'assaut, et du cœur, il en avait.

— Docteur Trémonche, lui criai-je, je suis à vos ordres avec ma compagnie et la cinquième qui est à ma droite.

On aurait dit qu'il attendait cette invitation.

D'une voix surhumaine, dominant le fracas de la bataille, il clama :

— En avant, braves soldats du sept-quatre. Mort aux Boches maudits !

Electrisés, les hommes bondirent. En quelques secondes, nous atteignîmes le bois redoutable. Les défenseurs, bien que surpris d'une agression si brusque, ne lâchèrent pas pied cependant. Chacun de nous dut engager avec un ennemi un combat corps à corps. Il y eut des coups de baïonnette et des coups de crosse.

Deux balles de revolver m'avaient débarrassé d'un grand diable qui semblait m'en vouloir particulièrement, quand j'aperçus très en avant de notre ligne, car il s'était toujours imprudemment tenu à la tête de la vague d'assaut, le docteur Trémonche aux prises avec une poignée de Boches qui le menaçaient de leurs baïonnettes. Lui, qui n'en avait pas, se servait de son fusil comme d'une massue et dans des moulinets terribles, tenait ses adversaires à distance. Mais une minute encore et il allait succomber si personne ne venait à son secours. J'étais trop éloigné pour arriver à temps.

Soudain, je vis surgir d'un trou d'obus un poilu armé d'une pioche. Je reconnus Jules. Ma foi, il avait pris la seule arme dont le maniement lui était familier, car les infirmiers ne sont pas des combattants. Il en tira d'ailleurs le meilleur parti et en deux coups savants, fendit un crâne et troua une poitrine. Les autres Boches s'enfuirent.

Le bois était à nous et notre bond victorieux avait déterminé la progression de toute la ligne. La tête de ravin atteinte, l'ennemi ne pouvait plus tenir dans Crécy-au-Mont. Il retraitait sur la rive nord de l'Ailette. Nous voyions des bandes de Fritz dévaler les pentes raides en jetant leurs armes et poursuivis par nos chasseurs. L'artillerie allemande même s'était calmée.

Notre objectif atteint, nous attendîmes de nouveaux ordres et simplement le docteur Trémonche remit son brassard pour redevenir toubib. Comme Jules passait près de là, dans un mouvement de tendresse rude, il lui fit signe d'approcher et lui donna l'accolade, puis il lui tendit sa gourde de cognac. Mais à l'étonnement de tous, celui-ci refusa. Il était trop ému : sur sa face hirsute et tourmentée, deux larmes, en effet, coulaient lentement.

Quand il retrouva l'usage de la parole, ce fut pour déclarer qu'il en avait assez d'être infirmier, qu'il donnait sa démission et préférait désormais « aller au rif comme les copains ».

Et courbé déjà sur une mitrailleuse, il essayait d'en démêler le maniement minutieux. Il dut comprendre alors confusément que c'était vraiment une mécanique trop compliquée pour lui, car il changea soudain d'avis et sans rien dire à personne, alla se joindre aux brancardiers qui relevaient les blessés.

Quand tous nos hommes furent pansés sommairement et dirigés sur le poste de secours, Jules se tourna vers le docteur Trémonche et lui demanda :

— Et les Boches, qu'est-ce qu'il faut qu'on en fasse?

— Les Boches, répondit-il... relevez-les aussi!

III

Où le docteur Trémonche s'évacue lui-même
dans l'autre monde

QUELQUE temps après cette affaire, j'étais nommé officier et blessé deux jours après.

— Mon pauvre vieux, me dit le docteur Trémonche en tâtant mon épaule ensanglantée, il y a de sa casse là-dedans, fracture compliquée, vous en avez pour trois mois au moins...

Je l'assurai qu'un séjour à l'hôpital, même prolongé, n'était pas pour m'effrayer.

— Ah! là, là, me répondit-il, l'on voit bien que vous ne savez pas ce que c'est l'hôpital, la visite, les inspections, les infirmières... et il esquissa de la main gauche, en prononçant ce dernier mot, « le geste auguste du coiffeur », tandis que sa main droite brandissait une petite enveloppe mauve que j'avais déjà vue quelque part...

L'hôpital auxiliaire 227 *bis* n'avait pas l'aspect rébarbatif que le docteur Trémonche prêtait généralement à ces sortes d'établissements. Il était entouré de grands jardins qu'octobre dorait somptueusement. La blancheur éclatante des bâtiments mettait de la gaieté dans la douceur un peu mélancolique de ce paysage automnal.

Cependant, je regrettai que les couloirs fussent intempestivement parfumés d'une persistante et uniforme odeur de choux, mais l'on m'assura qu'il en était ainsi depuis le mois d'août 1914 et que c'était l'odeur de la maison.

Par la suite, je m'aperçus que le légume incriminé ne figurait presque jamais sur le menu et ce fut le grand mystère, l'énigme troublante de mon séjour au 227 *bis* que ces parfums sans cause, épars dans les couloirs et réfractaires aux plus violents courants d'air comme aux désinfectants les plus énergiques.

— Oh! oh! un officier du sept-quatre, s'écria en me voyant une petite bonne femme tout habillée de blanc et qui faisait le lit de la chambre 65 que l'on m'avait affectée.

Elle dit cela comme elle aurait crié : « Oh! oh! voilà le nonce du pape déguisé en amiral suisse. »

Et elle disparut avant même que j'aie pu saisir quelle glorieuse réputation avait bien pu laisser ici le numéro de mon régiment. Un personnage lui succéda qui me sembla moins agréable à voir : c'était un infirmier. Il paraissait triste comme un jour sans pinard, grinçant comme une porte de prison et me fit regretter Jules. Je dus subir un interrogatoire serré :

— Vos prénoms, siou plaît?
— Georges, Lucien, Ernest.
— Date de naissance?
— 3 mai 1893.
— Age?
— Vingt-cinq ans.
— Adresse de la famille?
Etc... etc... etc...

Il n'avait pas plutôt disparu, accompagné de mes souhaits de ne plus jamais le revoir, que, nanti aussi de tout ce qu'il faut pour écrire, un jovial sergent lui succéda et sans préambule me pria de décliner mes nom, prénoms, âge, date de naissance, etc.

— Je viens de raconter tout cela, lui répondis-je avec mon plus gracieux sourire, à l'un de vos subordonnés.

— Oui, mais tout à l'heure, voulut-il bien me déclarer, ces renseignements intéressaient la « dépense » (?), maintenant c'est pour le vaguemestre.

Je refis la même confession générale et me croyais libéré définitivement de tous les interrogatoires administratifs, quand un lourdaud heurta la porte en brandissant un registre et un porte-plume menaçants.

— Vous seriez peut-être curieux de savoir, lui sussurrai-je, comment je me prénomme, où suis-je né, l'adresse de ma famille et beaucoup d'autres choses encore?

— Justement, me répondit cet auguste scribouillard, émerveillé de mes talents divinatoires; comment mon lieutenant peut-il savoir?

La patience n'étant pas la vertu principale des guerriers, je me laissai aller à des protestations qu'il noya aussitôt dans un flot d'explications filandreuses où il était question de billet d'hôpital, médecin-chef, fiche de renseignements, etc.

Alors, avec un air sérieux qui défiait toute concurrence, je lui avouais que mes prénoms étaient Népomucène et Rigobert, que j'étais né dans le Groënland septentrional le 31 février 1864, que j'avais dix-sept ans et que ma famille habitait sous le pont des Saint-Pères en été et dans la colonne Vendôme en hiver.

Je ne sais s'il tint compte de ces révélations ou s'il alla les vérifier chez ses camarades l'infirmier et le sergent; toujours est-il que, malgré cette mystification, mes lettres arrivèrent régulièrement, que ma solde me fut payée sans retard et mon épaule très proprement raccommodée.

Je réfléchissais aux beautés de la bureaucratie, quand mon huis fut de nouveau heurté avec une douceur qui me parut de mauvais aloi.

— N'entrez pas, criai-je, il y a du danger... je démonte un obus de 310 !

La porte s'ouvrit tout de même et je demeurai interdit et confus devant une très jolie infirmière.

— La servante vient de m'apprendre, me dit-elle, que vous êtes du sept-quatre. Ne connaissez-vous pas le docteur Trémonche ?

— Mademoiselle Aline, sans doute ? allais-je m'écrier, mais je réfléchis à temps que la discrétion du docteur eût été sérieusement compromise aux yeux de cette personne si je révélais que j'étais au courant.

— Oui, lui dis-je, c'est lui qui m'a évacué.

— Vous me rassurez, monsieur, et je vous remercie, car il a laissé sans réponse ma dernière lettre et j'étais assez inquiète sur son sort.

Avec mon air le plus naturel, je lui demandai :

— Vous connaissez donc le docteur Trémonche ?

— C'est-à-dire que je corresponds avec lui... je l'admire... et je lui suis très reconnaissante. Il a sauvé mon frère qui appartenait à votre régiment et qui, au combat de Guise en 1914, serait resté aux mains des Allemands ou serait mort peut-être sur le champ de bataille si M. Trémonche ne l'avait emporté lui-même sur ses épaules et secouru ainsi au péril de sa vie...

Assez imprudemment je remarquai :

— Tiens, il m'a caché ce détail.

Mais elle n'y prit point garde, occupée qu'elle était à dérouler les bandelettes et à ôter les compresses qui entouraient mon épaule. Cette opération réveilla mes souffrances endormies et cependant, la douceur de ses doigts et la caresse de ses mains avaient sur ma blessure la bienfaisante action d'un baume.

Ainsi pendant les premiers jours douloureux de mon hospitalisation, elle se tint à mon chevet, m'apportant l'apaisement et la consolation que seuls une voix et des gestes de femmes peuvent créer, parce qu'au fond de chacune d'elles dort une âme de mère dévouée et compatissante et que l'homme qui souffre violemment dans sa chair redevient un enfant.

Tous ceux que le fer de l'ennemi aura meurtri au cours de cette guerre et qui ont crié de douleur sur un lit d'hôpital, conserveront dans leur cœur reconnaissant le souvenir ému d'une femme drapée de blanc, jeune ou vieille, laide ou jolie, mais toujours bonne, dont la main fraîche se posait sur les fronts brûlants de fièvre et dont les paroles devenaient si douces aux heures amères ou dans la tristesse du soir qui tombe et de la nuit qui commence, les souffrances se réveillent implacables et lancinantes.

Mlle Aline fut pour moi cette femme. Je ne pouvais imaginer que quelqu'un n'aimât pas une jeune fille aussi parfaite; or, j'appris ce matin-là que mon ami le docteur Trémonche lui avait fait une grosse peine par une mystification dont je ne l'aurais pas cru capable.

Le capitaine Cornet, vieil officier de notre régiment depuis longtemps en traitement à cet hôpital, venait tous les jours jouer une partie d'échecs avec moi et parler du sept-quatre, dont nous nous communiquons mutuellement les nouvelles.

Ce matin-là, il repoussa l'échiquier que je disposais sur ma table de nuit et me dit en riant bruyamment :

— Ah! ah! ce sacré Trémonche vient encore d'en inventer une qui n'est pas ordinaire! Figurez-vous que votre petite blondinette d'infirmière s'est toquée de ce vieux farceur sur le récit de je ne sais quelles prouesses dont les poilus du sept-quatre qui passent à l'hôpital font des contes à n'en plus finir. Il paraît également qu'il aurait rendu à son frère un certain service au début de la guerre...

— Je vous crois, il lui a sauvé la vie!

— Oui, enfin, vous êtes au courant. Donc cette jeune fille a souvent écrit à notre héros et Trémonche lui a répondu quelquefois. Or, ce matin, deux lettres qu'elle lui avait adressées lui sont revenues avec la mention que vous connaissez : « Le destinataire n'a pu être atteint en temps utile... »

— Eh bien, lui dis-je vivement, il n'y a pas de quoi rire; vous savez ce que cela veut dire? C'est de cette façon détournée que l'on annonce aux amis et aux parents la mort de ceux des leurs qui succombent au front...

— Rassurez-vous, rassurez-vous, j'ai vu les lettres et quoiqu'il l'ait déguisée, j'ai reconnu l'écriture de notre ingénieux toubib. Il n'y a que lui pour tracer des pattes de mouches aussi parfaitement illisibles sans une attention soutenue et beaucoup de bonne volonté. D'ailleurs, si j'avais pu avoir quelque inquiétude, mon courrier l'aurait dissipée, car il contenait une carte qui se terminait par ces mots rassurants :

Le petit sergent jovial et l'infirmier atrabilaire furent projetés dans le corridor par une porte brusquement ouverte (p. 17).

« Santé parfaite, moral excellent, mais ceci est un secret qui doit « rester entre nous deux.   « Signé : TRÉMONCHE. »

« Ainsi, cet animal, pour se débarrasser d'une correspondance qui l'ennuyait sans doute, n'a rien trouvé de mieux que de signer sa propre condamnation à mort et de s'occire lui-même, ce qui est bien le comble pour un toubib. Bien entendu, gardez cela pour vous.

Je ne pus m'empêcher de répondre que s'il connaissait Mlle Aline, le docteur Trémonche aurait agi autrement avec elle.

— N'en croyez rien, mon cher, m'affirma le capitaine. Trémonche est un misogyne impénitent et un sauvage. Le cercle de ses relations s'arrête je crois à Jules, qui est un crétin, un crétin sympathique si

vous voulez, mais un crétin tout de même, et à moi, qui traite avec
indulgence ses lubies et ses extravagances, car je suis comme lui un
vieil original.

Je ne répondis rien, mais j'estimai que le capitaine Cornet était
un mauvais psychologue sans doute, car l'homme qui avait donné tant
de preuves d'héroïsme et de dévouement devait certainement cacher,
sous sa rude écorce et sa froideur apparente, un cœur sensible et
capable d'aimer. En tout cas, j'étais bien sûr que s'il avait vu Mlle
Aline comme je la vis ce jour même songeuse et désolée, il aurait
regretté aussitôt son mensonge et aurait voulu se faire pardonner.

Quand, tristement, elle me montra les deux enveloppes mauves
qui lui étaient revenues, je fus sur le point de lui révéler la mystification dont elle était victime, mais je compris soudain qu'il serait
trop cruel de détruire son illusion et d'attenter à son rêve et qu'il
valait mieux qu'elle crût jusqu'au bout que celui qu'elle admirait
avec une si naïve ferveur était mort en brave comme il avait vécu.

IV

Un médecin malade et trop douillet

LA pluie m'obligea ce jour-là à faire ma promenade quotidienne
dans le couloir au lieu de descendre au jardin; là, mon attention fut soudain attirée par un grand fracas de meubles heurtés,
accompagné de bruits de voix qui venaient d'une chambre du fond.
Au même instant, le petit sergent jovial et l'infirmier atrabilaire furent
projetés dans le corridor par une porte brusquement ouverte. Ce
dernier caressait doucement le fond de sa culotte comme s'il était
arrivé malheur à son contenu.

— 24! remarqua le sergent en désignant le numéro de la chambre
d'où ils venaient d'être expulsés si délicatement. Ne l'oublions pas,
pour n'y plus revenir! Et il paraît qu'il est très malade ce toubib;
qu'est-ce que nous aurions pris alors s'il était bien portant!

J'eus l'intuition que ce « nouvel arrivant » pouvait être le docteur
Trémonche, cette façon d'accueillir les gens étant assez dans son
caractère quand les gens ne lui plaisaient pas.

— N'est ce pas le docteur Trémonche, demandai-je aux deux
personnages, qui vient de répondre si courtoisement à votre interrogatoire?

— Si, mon lieutenant, il nous a dit s'appeler ainsi, mais je ne vous
conseille pas d'entrer dans sa chambre, car il semble en proie à un
accès de fièvre dangereux.

Je passai outre, bien entendu, et il me reçut avec beaucoup de
calme, sans manifester d'ailleurs la moindre stupéfaction, car ce
diable d'homme ne s'étonnait de rien. Tout de suite, il me mit au
courant :

— Est-ce un hôpital ici ou un confessionnal? Je viens d'être obligé d'envoyer promener trois individus qui venaient me poser 's questions les plus indiscrètes et les plus saugrenues. Ah! je n'aime pas que l'on m'embête, moi!

Cependant, je l'examinais avec une certaine curiosité, cherchant quelle blessure il avait bien pu ramasser. Il devina ma pensée sans doute et me dit en ricanant :

— Mais non, mon cher, pas même blessé! Je suis malade, j'ai la grippe! C'est déshonorant, et ces choses-là ne devraient jamais arriver aux médecins. Ah! je n'ai pas de veine, moi!

De fait, son teint était blafard, ses joues creuses et ses yeux agrandis par la fièvre. Il fallait d'ailleurs qu'il fût bien malade pour avoir consenti à son évacuation et que maintenant il se disposât à se mettre au lit.

Dès qu'il fut couché, il m'avoua avec un air lugubre :

— Savez-vous qu'il y avait peut-être un seul hôpital en France où je désirais ne jamais aller, c'était le 227 *bis*; or, c'est là que l'on m'envoie.

— Evidemment, c'est là que sont évacués presque tous les blessés du sept-quatre. On y est d'ailleurs supérieurement soigné.

— Je n'en doute pas, mais c'est autre chose qui m'inquiète. Vous vous rappelez sans doute cette infirmière qui m'écrivait et à qui j'eus le tort de répondre quelquefois?

— Oui, parfaitement, Mlle Aline? .

— Elle est ici, mon cher, et dès que ma présence sera connue dans l'hôpital, elle ne manquera pas de s'amener...

— Eh bien, qu'y a-t-il de mal? demandai-je hypocritement.

Alors il m'avoua sa mystification et je le vis si malheureux, si peiné d'appréhension angoissée qu'un mensonge dans ces circonstances me parut excusable et même nécessaire et que je lui dis :

— Rassurez-vous; Mlle Aline a quitté l'hôpital depuis la semaine dernière, je me le rappelle maintenant.

Je le laissai à la joyeuse surprise de cette nouvelle pour aller prévenir la jeune fille, afin qu'elle soit au courant et ne trahisse pas ma supercherie.

Cette démarche était en vérité plus délicate et plus difficile à entreprendre, mais comme de toute façon Mlle Aline aurait appris que le docteur Trémonche s'était moqué d'elle, il valait mieux, je crois, ne pas remettre cette révélation au hasard d'une première rencontre.

La joie de savoir que « son héros » était encore vivant et le plaisir de se venger de sa mystification en le jouant à son tour empêchèrent la jeune fille de prendre les choses au tragique et de s'indigner outre mesure. Il fut convenu que désormais, en présence du docteur Trémonche, elle s'appellerait Mlle Louise. Je prévins le capitaine Cornet pour qu'il ne nous trahît pas.

Quand celui-ci apprit la présence à l'hôpital de son vieux camarade de régiment, il voulut tout de suite le voir, mais à la porte de la chambre 24, Mlle Aline et les médecins nous arrêtèrent. Ils interdisaient toute visite au malade, qui avait 41° de fièvre et présentait des symptômes alarmants de broncho-pneumonie.

Pendant huit jours, son état inspira les plus vives inquiétudes, et pendant huit jours et huit nuits, Mlle Aline fut presque tout le temps à son chevet. Au bout d'une semaine, il était hors de danger et il nous fut permis d'aller le voir, au capitaine Cornet et à moi.

Si la maladie avait altéré ses traits, il n'avait rien perdu de sa joviale bonhomie.

— Ah! mes chers amis, s'écria-t-il joyeusement en nous apercevant, je vais vous faire un aveu et vous annoncer une grande vérité : Rappelez-vous qu'il vaut mieux être médecin que malade, faire des piqûres que de les subir et administrer des potions que de les avaler. D'ailleurs, pour ce qui est de ce dernier inconvénient, je ne parle pas pour moi, vous savez, car je me suis refusé à en prendre aucune. C'est pour cela probablement que je me suis guéri, ajouta-t-il en riant; puis, avisant quelques fioles qui encombraient sa table de nuit, il les précipita par la fenêtre ouverte en s'écriant :

— Ça, voyez-vous, c'est bon pour les clients! Tenez, il doit y avoir dans le jardin, sous cette fenêtre, une pharmacie complète, car toutes les drogues que l'on a eu la prétention de vouloir m'administrer ont pris ce chemin-là, sauf pourtant un petit flacon de sirop iodotannique dont j'ai fait un vase à fleurs; d'ailleurs, le voilà.

Et il nous montra une fiole où s'épanouissait un bouquet de fraîches violettes.

— Mes compliments, lui dis-je, qui vous fleurit ainsi?

— Oh! le curieux, répondit-il, vous ne le saurez pas.

Mais je pensais à Mlle Aline.

Un pas léger et rapide dans le couloir, un toc-toc discret à la porte, elle entra.

— Tenez, clama Trémonche, voici mon bourreau, car si j'ai pu éviter les drogues, il n'en a pas été de même des piqûres. Cette charmante enfant préposée aux soins de me les faire est, en effet, irréductible et impitoyable là-dessus, et ça me gâte le plaisir de la voir si joliment blonde. Je pourrais même vous conter certaine histoire...

— Docteur, implora la jeune fille, soyez charitable?

— L'avez-vous été, répondit-il d'un ton bourru que démentait la bonté affectueuse de son regard. Figurez-vous, messieurs, que j'ai droit (si l'on peut s'exprimer ainsi) à trois piqûres par jour : une de spartéine-strychnine et deux d'huile camphrée. Je ne suis vraiment tranquille qu'à la fin de la journée, alors que la petite seringue de Mlle Louise m'a fait les trois caresses réglementaires. Hier soir donc, j'avais mon compte et je m'en réjouissais dans le fond de mon cœur, quand je vois donc cette personne — et il montra Mlle Aline, qui sourit gentiment — s'amener avec sa redoutable seringue.

— Ah! non, non, lui dis-je, vous repasserez demain, j'ai ce qu'il me faut aujourd'hui; mais elle ne voulut jamais se le rappeler et convenir que j'avais eu déjà mes trois piqûres, il fallut donc que j'en subisse une quatrième. Aussi maintenant, je prends mes précautions contre un oubli toujours possible et j'exige un reçu.

Il nous montra alors des petits papiers écrits de sa main et que nous lûmes :

« Je soussignée, Mlle Louise, infirmière bénévole à l'hôpital 227 *bis*, Signalement : yeux bleus et jolis, sourire agréable; signe particulier : monomanie des piqûres, reconnais avoir fait au docteur Trémonche une piqûre d'huile camphrée et ne lui en avoir fait qu'une.

« Signé : Louise. »

— Oh! oh! dit le capitaine Cornet, c'est presque un madrigal.

Mais Trémonche, mécontent d'avoir été surpris en flagrant délit de galanterie, changea de conversation, et non moins confuse, Mlle Aline disparut.

Le trottinement léger de ses petits pieds fut étouffé par un pas de soudard qui éveilla des échos dans le corridor. Une grosse main frappa à la porte.

Le docteur Trémonche ayant hurlé : « Entrez » d'une voix retentissante pour se mettre à l'unisson, fit un bond dans son lit, tandis que la plus profonde stupéfaction se peignait sur son visage.

— Ah! c'est trop fort, s'écria-t-il, un Boche maintenant, il ne manquait plus que ça, vite un fusil, de la poudre et des balles?

Un fils de la Germanie à la carrure puissante et au regard bovin se dressait effectivement devant nous. Le capitaine Cornet et moi n'en étions pas étonnés, car tous les jours un prisonnier allemand venait ainsi laver le parquet de nos chambres, mais c'était la première fois que le docteur Trémonche en voyait un. Celui-ci avait l'air infiniment plus bête que méchant et il étreignait dans ses mains énormes de guerrier un balai étique et une pacifique serpillière.

— Veux-tu fiche le camp! clama Trémonche.

Et le grand soldat roux, s'il ne comprit pas les paroles du docteur, ne put se méprendre sur la signification de son geste; il battit précipitamment en retraite.

— Vous avez eu tort, dit le capitaine Cornet, de céder à un mouvement de haine excusable, mais intempestif, car cet ennemi vaincu eût été pour vous un serviteur exemplaire dont le zèle, pour être forcé, n'en aurait pas été moins grand. Je suis très satisfait moi-même des services de mon Boche, un géant très blond que j'ai baptisé Ludendorff, et vous ne sauriez croire quelle supérieure satisfaction j'éprouve à lui commander :

— Eh! Ludendorff, cire mes bottes!

Ou bien :

— Regarde un peu dans la table de nuit si un objet de porcelaine blanche n'a pas besoin d'aller en promenade?

« Il ne comprend pas un traître mot à ce que je lui dis, mais j'y supplée par une gesticulation opportune.

— Tiens, c'est une idée, répondit Trémonche, je recevrai mieux le mien la prochaine fois et je l'appellerai Hindenburg!

V

« ...Il ne faut jurer de rien! »

L A première fois que le docteur Trémonche put se lever et faire
quelques pas dans le couloir, ce fut pour constater :
— Ça sent le chou ici !

Et, moins indulgent que moi, il n'hésita pas, sous ce prétexte, à
traiter l'établissement de « sale boîte » et à jurer par sa barbe qu'il
n'y resterait pas huit jours de plus.

Curieux de savoir ce qu'il pensait de son infirmière, je protestai
contre cette excessive sévérité et lui dis :

— Docteur, en vous plaignant de votre séjour ici et en souhaitant
de l'écourter, vous êtes souverainement injuste envers beaucoup de
personnes dont le dévouement et la bonté pourtant n'ont pu vous
échapper.

— Ne croyez pas que j'oublie, me répondit-il, les soins de Mlle
Louise, et en vérité, il faudrait pour ne pas s'en souvenir toute sa vie
être d'une ingratitude noire...

— Tiens, vous aurait-elle converti? Inclineriez-vous à croire, grâce
à son exemple, que les femmes sont en général plus aimables et
meilleures que... votre concierge? Peut-être même, cette demoiselle
Aline, envers laquelle vous avez usé d'un procédé un peu... cavalier,
était-elle aussi bonne et capable de beaucoup de...

— Non, non, interrompit-il brusquement avec une vivacité qui me
parut de bonne augure; Mlle Louise est une jeune fille unique par
son cœur et par son esprit, c'est une exception rare... Et encore!

— Et encore?

— Oui, est-il bien sûr qu'elle ne changerait pas? Que transportée
hors de ce milieu où sa bonté s'exerce naturellement, elle devien-
drait pas comme toutes les autres femmes, c'est-à-dire capricieuse,
coquette, trompeuse : on a vu semblable métamorphose!... Mais,
ajouta-t-il avec mélancolie, je suis bien fou et bien vain de juger cette
jeune fille et si elle m'entendait, elle serait sans doute la première à
se moquer de moi. Peut-être y a-t-il d'ailleurs à la base de ma sévérité envers les femmes beaucoup d'ignorance, car je ne les connais
pas assez et probablement je ne les connaîtrai jamais davantage. Ma
vie s'écoulera maintenant paisible et solitaire entre ma pipe, mon
chien de chasse et quelques douzaines de malades auxquels, soyez-en
certain, je ne ferai jamais de piqûres! Mais je vous importune sans
doute avec mes divagations, car vous devez être impatient — et je le
comprends — de voir les journaux et d'apprendre ce que les Boches
ont répondu à notre Foch et s'ils acceptent ses propositions d'armistice.

— Oh! c'est une chose certaine, je crois.

— Eh! eh! je ne suis pas si sûr que vous, et je me méfie encore de ces êt. s-là qui ont peut-être seulement voulu gagner du temps... Nous verrons bientôt... Mais écoutez?... N'est-ce pas le canon?

Si, docteur Trémonche, c'est bien le canon qui tonne, mais sa voix grave n'est plus le sinistre signal du carnage et ce n'est pas la mort qui parle par sa gueule béante. C'est le canon joyeux de la victoire et de la paix : il annonce au monde notre triomphe. Ecoutez?... Il nous dit la fin de nos misères et qu'elles n'ont pas été supportées en vain... Ecoutez? Il signifie que nos morts sont vengés, que les fils vont revenir joyeux et vainqueurs auprès de leur vieille mère, que des pères retrouveront bientôt le foyer égayé par de petits enfants qu'ils ont connu à peine entre deux batailles. Et vous, soldats sublimes qui gisez encore sur vos lits douloureux d'hôpital, écoutez et soyez fiers, car c'est votre victoire et votre gloire éternelle que le canon chante aujourd'hui, 11 novembre 1918!

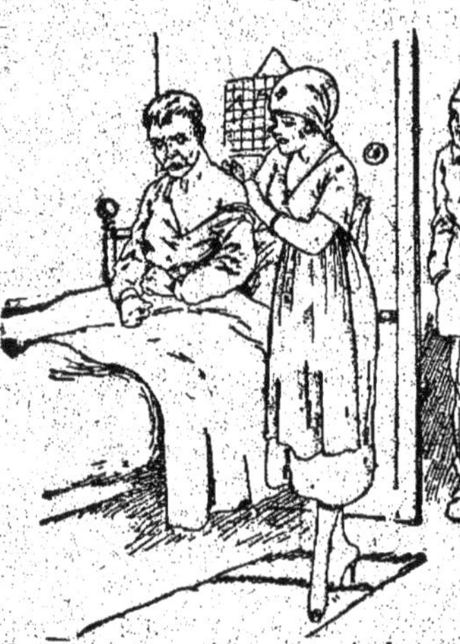

Je vis avec stupeur cet homme extraordinaire grimacer et grincer des dents sous la piqûre légère d'une petite aiguille d'acier (p. 24).

Dans l'hôpital, ce fut soudain une explosion de joie bruyante. Les escaliers et les couloirs s'emplirent de blessés clopinant sur une béquille et d'infirmières blanches qui les félicitaient. Au rez-de-chaussée où étaient les salles d'aveugles et de grands mutilés forcés à l'immobilité, un chant grave s'éleva, une *Marseillaise* poignante où se mêlait à l'hosanna du triomphe, la tristesse résignée de tous ceux qui l'avaient acheté de leur sang.

Mlle Aline traversait rapidement une salle. Elle nous vit et s'écria joyeusement :

— Alors, c'est vrai? C'est fini? L'armistice est signé, et sa figure rayonnait d'une joie radieuse.

— Mais oui, dis-je, nous les avons!

— Oh! docteur, il faut que j'accomplisse ma promesse. Je me suis juré que le jour glorieux de la victoire, j'embrasserais un de ceux à qui nous le devons, le premier soldat que je rencontrerais... et...

— Voilà une jolie pensée, répondit le docteur Trémonche en rougissant très fort. Si la récompense est grande, les poilus sont dignes d'elle!

Et désignant un petit fantassin qui, les deux jambes fracassées se traînait dans le couloir sur ses béquilles, il ajouta simplement :

— Tenez, embrassez ce martyr, qui est aussi un héros !

Dans presque toutes les salles que nous visitâmes successivement, c'était le même émouvant spectacle. Des hommes pleuraient, et ces rudes guerriers qui s'attendrissaient à cette heure, étaient ceux-là mêmes que la mort n'avait pu émouvoir sur les champs de bataille.

De partout surgirent des drapeaux, des guirlandes et des fleurs. Nous rencontrions à chaque instant l'officier gestionnaire, un grand escogriffe dont le docteur Trémonche disait qu'il était « long comme la guerre et myope comme une chaufferette ». Ce malheureux se démenait pour improviser un menu digne d'un tel jour. Or, il avait perdu ses cuisiniers, ceux-ci ayant, aux premiers coups de canon, déserté leurs fourneaux pour prendre leur part de la joie universelle. Sans doute, il dut les retrouver, car le repas fut pantagruélique et le pinard y coula à plein bord. Il méritait bien d'ailleurs d'être à l'honneur, le vin de France, car il avait eu sa part dans la victoire. Le docteur Trémonche avait même coutume d'affirmer :

— Ce n'est pas la discipline qui fait la force principale des armées, comme un règlement vétuste et désuet le prétend... c'est le pinard.

Ma foi, beaucoup de poilus sont de cet avis.

Cependant, à sa joie pure et patriotique de Français, notre toubib mêlait une satisfaction plus égoïste et en nous entraînant dans sa chambre, où il voulait que nous trinquions à la victoire de nos armes, il répétait en se frottant les mains :

— Mlle Louise oublie mes piqûres, Mlle Louise oublie mes piqûres !

Mais nous n'étions pas assis qu'un pas se fit entendre dans le couloir.

— Vous vous réjouissez trop vite, lui dis-je, la voilà qui vient !

Le docteur Trémonche se mit à rire après avoir prêté l'oreille et il diagnostiqua :

— Non, c'est Hindenburg ! Il n'y a que lui (et c'est sans doute son nom qui veut cela), pour avoir les godillots aussi formidablement « cloutés » de fer.

Le gros Allemand entra en effet. Un sourire béat aggravait la stupidité naturelle de sa large face rubiconde.

— Non, mais regardez-moi cette tête (si l'on peut s'exprimer ainsi en parlant d'un Boche). Faut-il que nous soyons bons princes pour consentir à signer la paix avec des gars de ce calibre ! dit le docteur.

Le Fritz se méprit sans doute sur la signification de nos rires, et dans sa lourde caboche il crut peut-être que l'armistice l'avait promu soudain au rang d'ami très cher, ce qu'il exprima aussitôt :

— Français, Allemands, Kamarades !

Mais à la brusque et rapide manière dont le docteur Trémonche nous débarrassa de sa volumineuse présence, il dut probablement changer d'avis.

Comme il en est de toutes les catastrophes qui arrivent d'habitude au moment où on les attend le moins, la terrible seringue de Mlle

Aline apparut au docteur Trémouche, alors qu'il venait d'extraire de sa cantine l'inépuisable bouteille de cognac chère à Jules.

Il essaya en vain de parlementer avec son infirmière pour obtenir lui aussi un armistice. Elle fut inexorable, et je vis avec stupeur cet homme extraordinaire, qui de sa vie sans doute n'avait jamais eu peur, et que les obus et les balles laissaient indifférent et serein, grimacer et grincer des dents sous la piqûre légère d'une petite aiguille d'acier que maniaient de douces mains de femmes.

— Vous riez, me dit-il, avec une fureur comique. Je voudrais bien vous y voir !

Puis il tendit à Mlle Aline d'un geste brusque et avec la gravité qu'il aurait apportée à l'exécution d'une formalité rituelle, un petit bout de papier semblable à celui qu'il m'avait fait lire.

La jeune fille le prit en riant, et d'un stylo léger, elle signa.

Le docteur saisit le reçu, écarquilla les yeux, puis il dit soudain :

— Comment? Vous signez... Aline aujourd'hui?

Étourdiment, la malheureuse avait oublié son nom d'emprunt et découvert sa véritable identité.

Ma foi, n'écoutant que mon courage, et envisageant la responsabilité que j'avais dans cette affaire, je me levai sans faire de bruit, entr'ouvris silencieusement la porte, et les laissai tous deux s'expliquer à leur aise.

Je ne sais pas ce qu'ils se dirent? Sans doute des choses pas trop désagréables, car lorsque, accompagné du capitaine Cornet, que j'étais allé mettre au courant, je revins à la chambre 24, j'entendis au moment où j'allais frapper, la sympathique et claironnante voix du docteur qui paraissait un peu ému dire :

— ...Oui, Mademoiselle Aline, mais si vous le voulez bien, nous n'annoncerons nos fiançailles qu'après le départ du capitaine Cornet et de Thomas.

Ces paroles nous dictaient notre devoir, et dès qu'il nous fut permis à tous les deux de voir le médecin-chef, nous lui demandâmes notre convalescence. Après les visites, contre-visites et interrogatoires multiples d'usage, elle nous fut accordée et bientôt nous faisions nos adieux au docteur Trémouche étonné et ravi sans doute de ce départ double et précipité.

Peut-être comprit-il cependant qu'il n'y avait pas là seulement un effet du hasard, car tandis que l'auto de l'hôpital démarrait pour nous emporter vers la gare, le capitaine Cornet lui cria :

— Docteur, souvenez-vous... « qu'il ne faut jurer de rien »

Il regarda alors en souriant Mlle Aline qui rougissait un peu.

FIN

 IMP. E. LAFFRAY, 71, RUE D'ALENÇON, PARIS